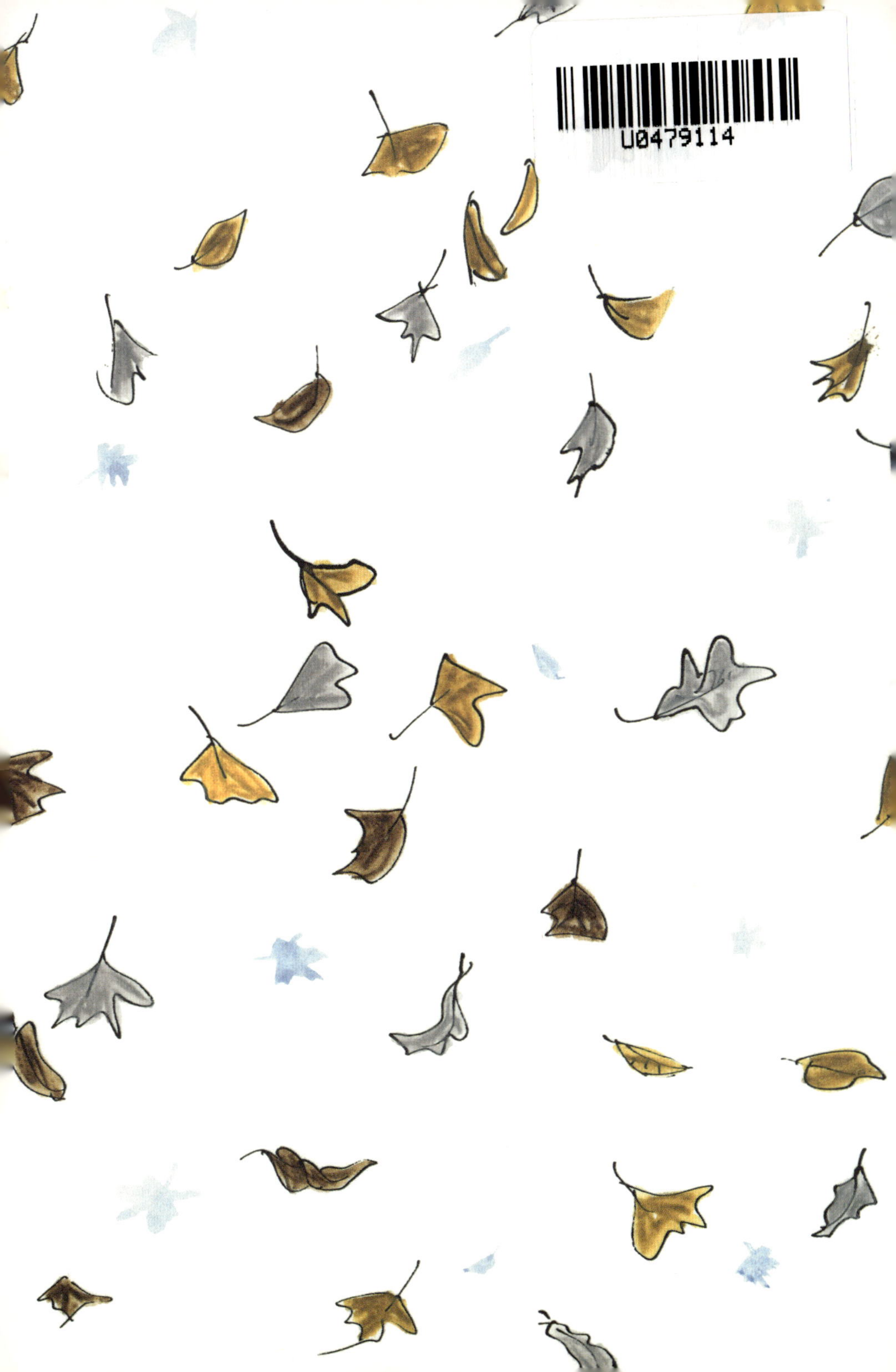

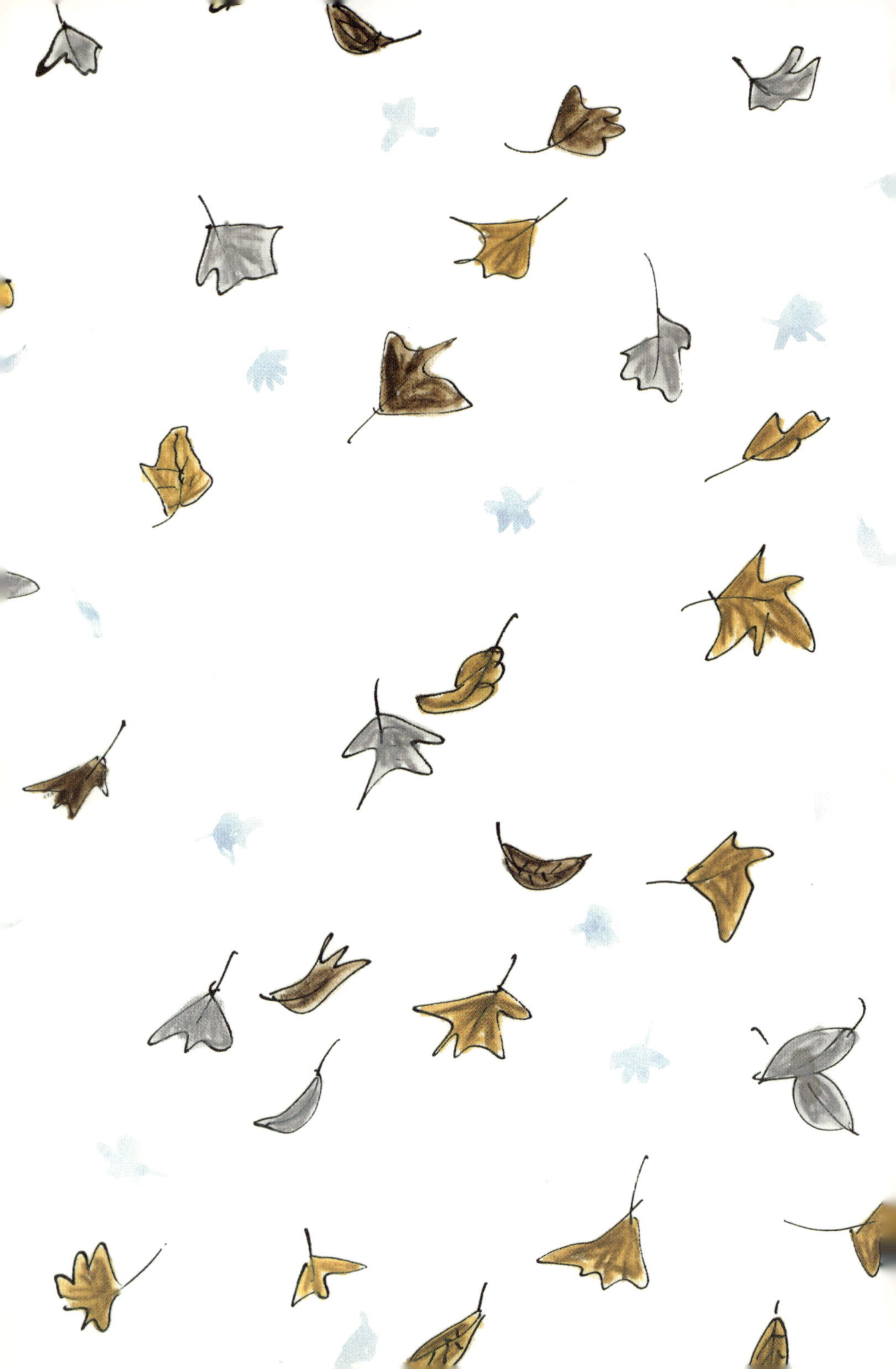

这本书属于

_____

著作权合同登记号：图字 01-2021-7428 号

THE BEAR'S WINTER HOUSE

This paperback edition published in 2009 by Andersen Press Ltd.
First published in Great Britain in 1969 by Blackie.
Text copyright © John Yeoman, 1969.
Illustration copyright © Quentin Blake, 1969.
All rights reserved.

图书在版编目（CIP）数据

森林里的临冬计划 /（英）约翰·优曼著；（英）昆廷·布莱克绘；潇然译. —— 北京：人民文学出版社，2025. —— (国际安徒生奖得主昆廷·布莱克桥梁书).
ISBN 978-7-02-019085-0

Ⅰ. I561.85

中国国家版本馆CIP数据核字第2024XR4401号

责任编辑	卜艳冰　杨　芹
装帧设计	汪佳诗

出版发行	人民文学出版社
社　　址	北京市朝内大街166号
邮政编码	100705
印　　制	凸版艺彩（东莞）印刷有限公司
经　　销	全国新华书店等
字　　数	10千字
开　　本	890毫米×1240毫米 1/32
印　　张	1
版　　次	2019年6月北京第1版
印　　次	2025年1月第1次印刷
书　　号	978-7-02-019085-0
定　　价	25.00元

如有印装质量问题，请与本社图书销售中心调换。电话：010-65233595

森林里的
临冬计划

〔英〕约翰·优曼 著 〔英〕昆廷·布莱克 绘 漪然 译

人民文学出版社
PEOPLE'S LITERATURE PUBLISHING HOUSE

国际安徒生奖得主
昆廷·布莱克
桥梁书

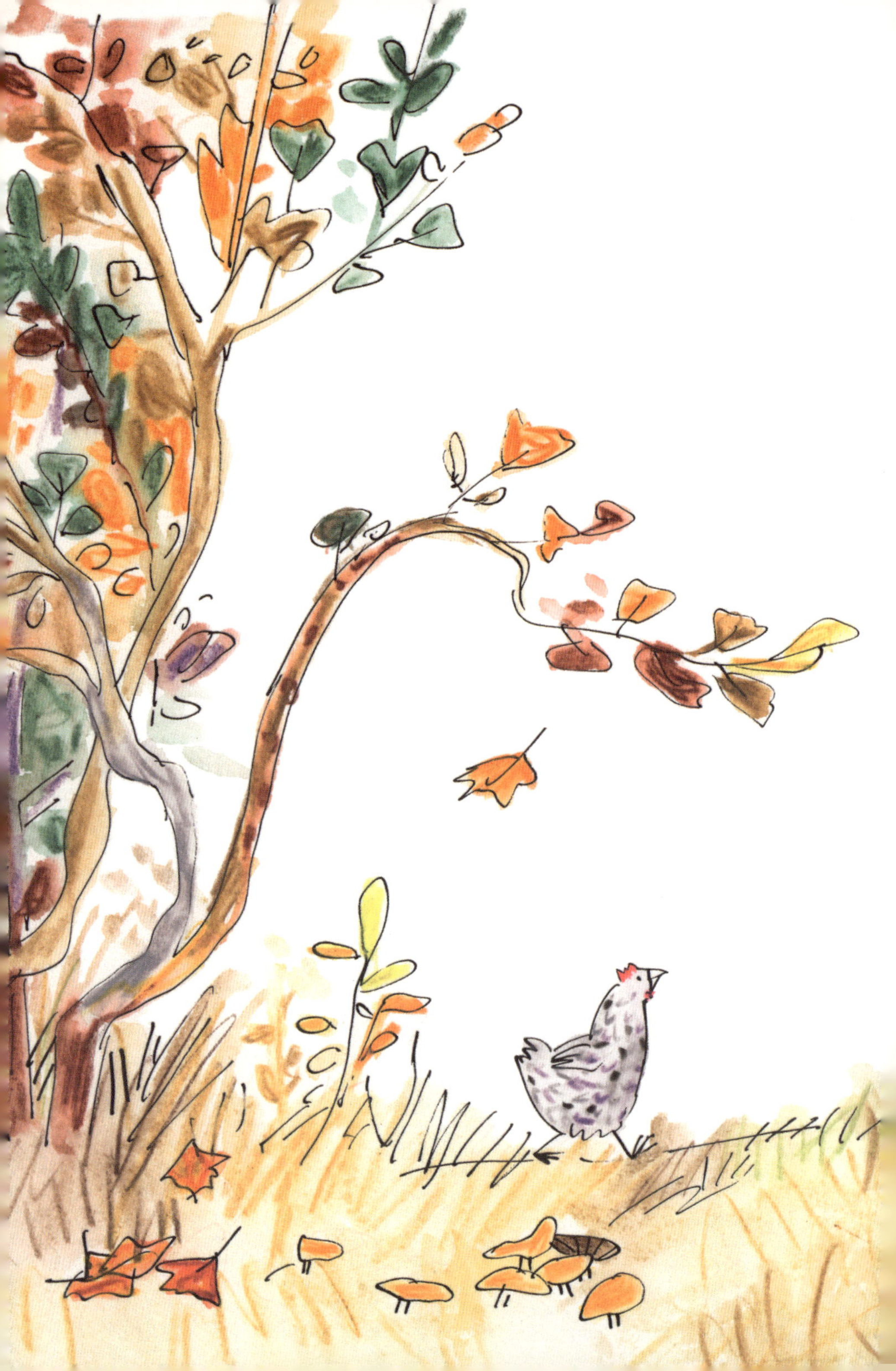

这是夏末凉飕飕的一天。母鸡偶然看到，松鼠、刺猬和小猪正在一排灌木丛后面偷窥着什么。

"你们在看什么呀？"她问道。

"我们在看大熊。"刺猬回答。

"他看起来好古怪。"松鼠跟着说。

"爬到我的背上来看看吧!"小猪提议道。

于是,母鸡就扑扇着翅膀爬到了小猪的背上。透过灌木丛,她看见大熊匆匆跑向森林,又抱着一大堆树枝和木头走了回来。

"这还不算完呢。"松鼠说。

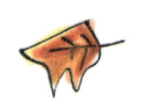

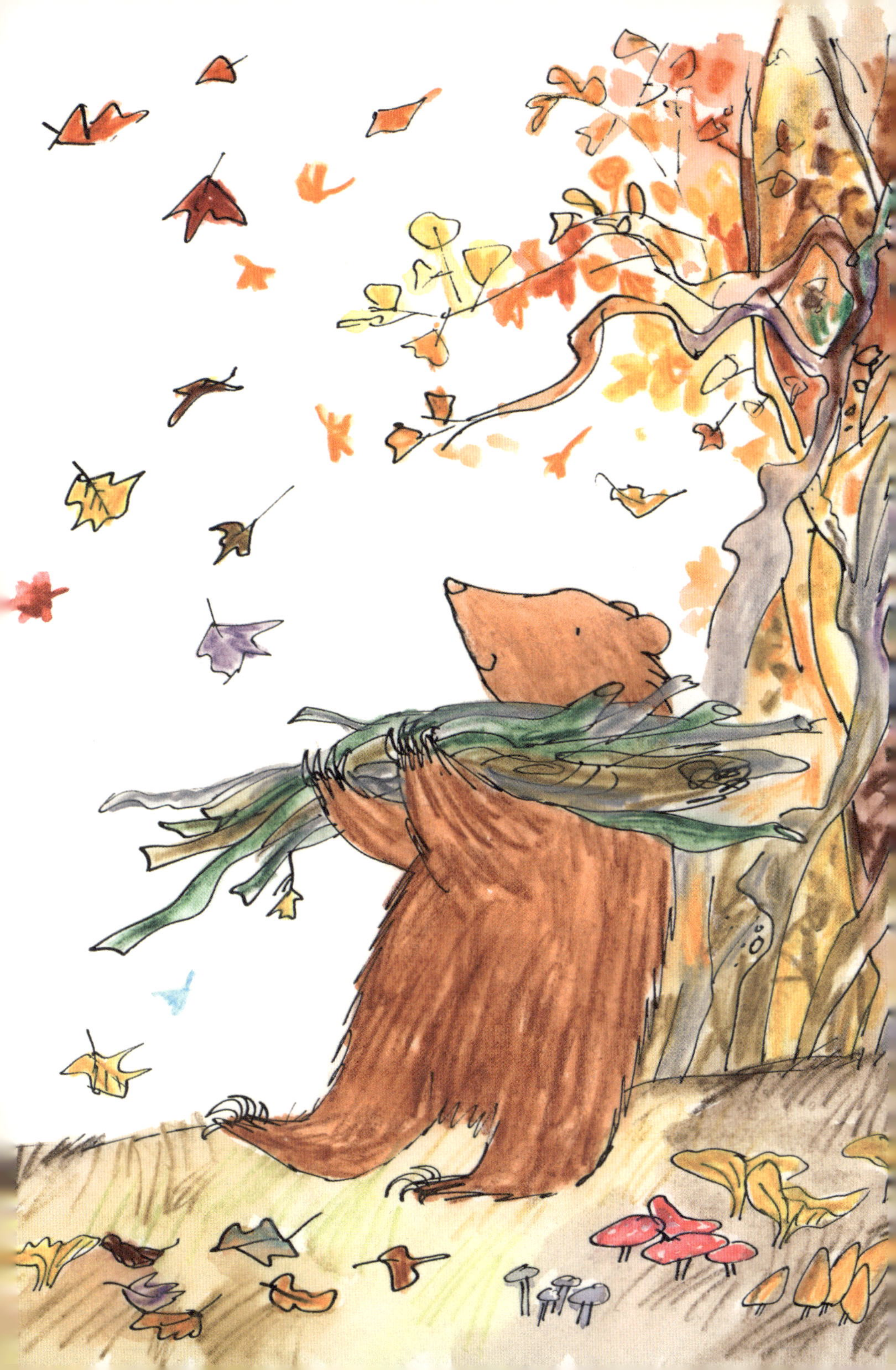

确实还没完。接下来，母鸡又看到，大熊从地上搜罗了一些柔软的青苔，整整齐齐地堆在一块儿。

好奇心大发的小动物们又往前凑得更近了，可大熊还是一点儿也没有注意到他们，因为他正忙着捡起那些木头，用力地把木桩敲打进地面。

"嗯哼,嗯哼,"刺猬嘀咕着,"大熊,你到底在干吗?"

可大熊还是自顾自地哼着小曲,把一些枝条编在木桩之间。

"大熊,你到底在干吗?"小猪大声地咕哝。

大熊终于注意到了他们,答道:"每个冬天我都要冬眠,每次都是瑟瑟发抖地醒来。这个冬天可不一样了,瞧这个!"

大家挤过去,盯着一张纸片看,大熊告诉他们,这就是他的冬天小屋计划。

"我要用结实的木头和树枝搭一座小屋,用青苔把寒风挡在屋外。"大熊说,"如果你们帮我一起盖房子,到了冬天,你们也可以一起来住啊!"

动物们都"咯咯"笑起来,说大熊的这个计划真够傻的。可大熊并不在意,继续用青苔填塞起木头之间的缝隙。

"等冬天来临,看谁能睡个好觉吧。"他自言自语。

许多天过去了,冬天来临了。

寒风呼啸,可大熊并不在意。他躺在自己那舒服的冬天小屋里,睡在柔软又好看的青苔小床上。

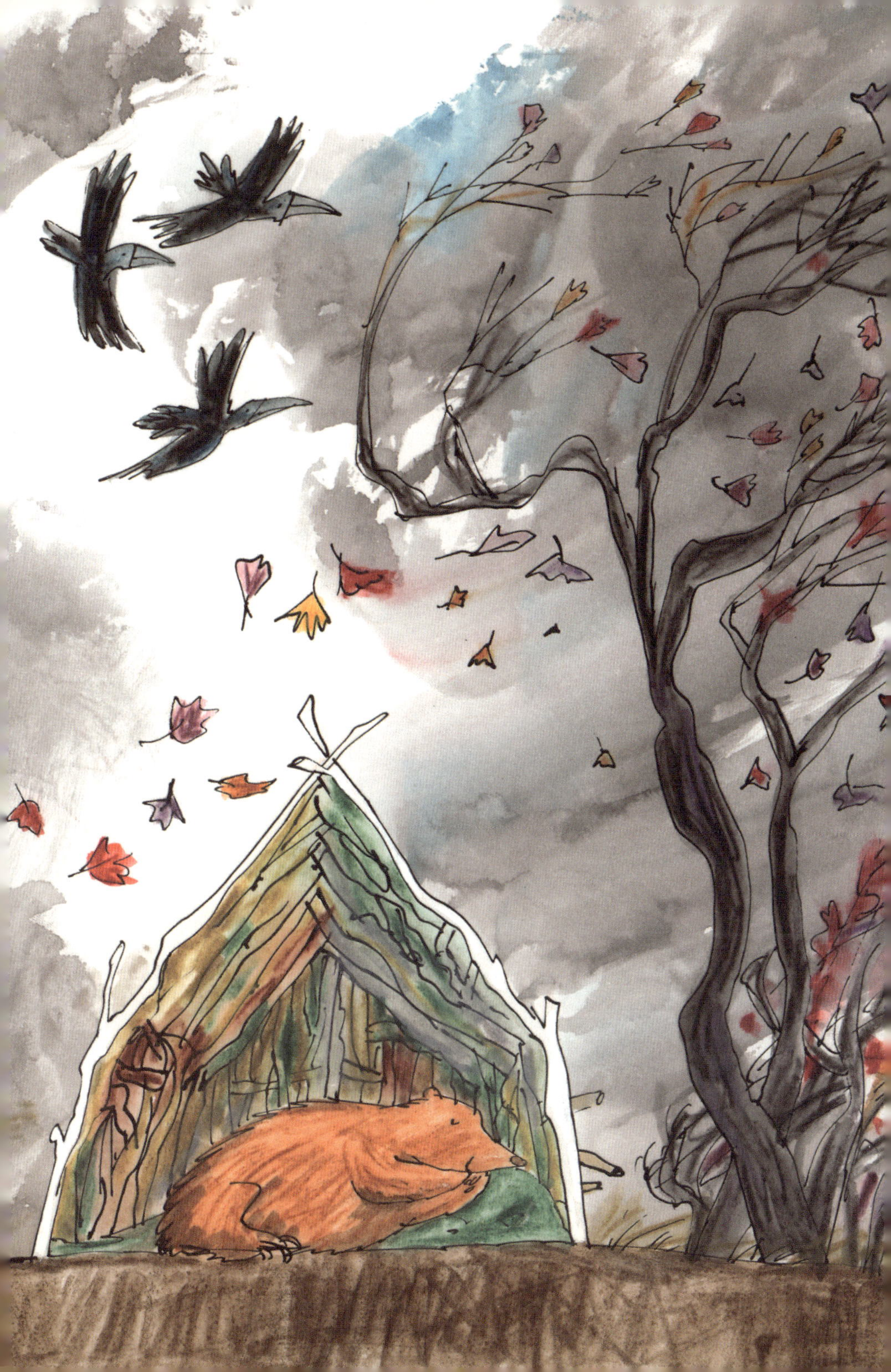

可是松鼠不开心,她过冬的地方是一棵大树顶上的小草窝。树枝在风中摇摇晃晃的时候,可怜的松鼠差点儿从自己的小床上掉下去。

大树底下的刺猬也不开心,他习惯了在冬天的落叶丛中蜷成一团。可不管他把身子蜷缩得多紧,湿漉漉的树叶总是被大风吹得四处飞散,无法给他温暖。

小猪也不开心地躺在猪圈里。

寒风卷走了猪圈里所有的稻草,只留下他独自在石头地上瑟瑟发抖。

母鸡站在鸡窝里的横木上,还是同样不开心。因为冷飕飕的风从鸡窝的缝隙里吹进来,使她一个劲儿地打喷嚏。

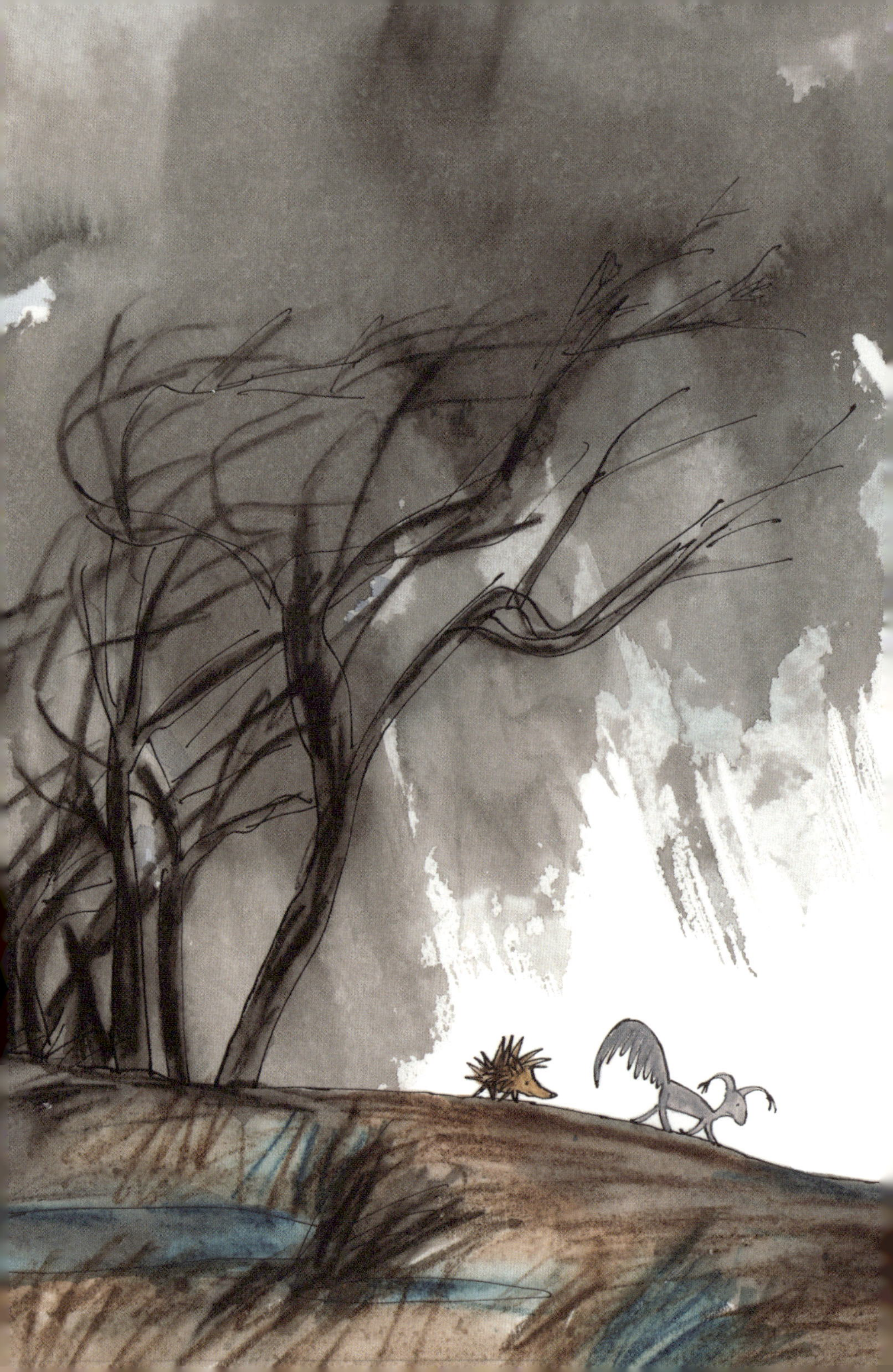

最后，四个小家伙再也忍无可忍了，他们迎着风雨，垂头丧气地走向大熊的冬天小屋，想求他收留他们。

大熊有一副热心肠,他立刻从舒服的青苔小床上爬起来,在墙上开了一个小窟窿,让伙伴们钻了进来。他甚至都没有说一句"早知道会这样"之类的话。松鼠、小猪、刺猬和母鸡都向大熊连连道谢,还帮他重新堵上了小屋的窟窿。等干完了这个活儿,大熊就把自己的青苔床让出来一部分给伙伴们睡,还说:"让我们在这个冬天一起睡个好觉吧!"

可其他的小动物都觉得又暖和又开心,根本睡不着。

"我们来开个派对吧!"他们嚷嚷着。大熊想告诉他们,屋子太小了,没法开派对,可是这些小家伙根本不理会。

先是小猪带着大家玩"挖宝藏",等大家为了找到宝藏——大熊床上的蜜蜂窝——把整个屋子翻得乱七八糟的时候,母鸡又带着大家一块儿唱起歌来。可怜的大熊只想睡觉,但是周围的吵闹声让他根本没法睡。

接下来，松鼠又提议开舞会。

胖胖的小猪一跳起舞来，就把墙壁震得摇摇晃晃的；母鸡站在大熊的头顶上，还一个劲儿往下滑；松鼠的大尾巴不停地搔着大熊的鼻子；这还不算，刺猬身上的刺还总是扎到大熊的脚底。整个小屋快要被欢闹的动物们折腾破了。

舞会结束后,小家伙们又开始和可怜的大熊玩捉迷藏,从十月玩到十一月,再从十一月玩到十二月,接着是一月、二月,一直玩到了三月。

这天，大家一起探头向门外张望，只见一个美妙的春日早晨正向他们招手。

"再见，大熊！"他们高兴地喊着，"谢谢你啦，我们明年冬天再回来玩！"

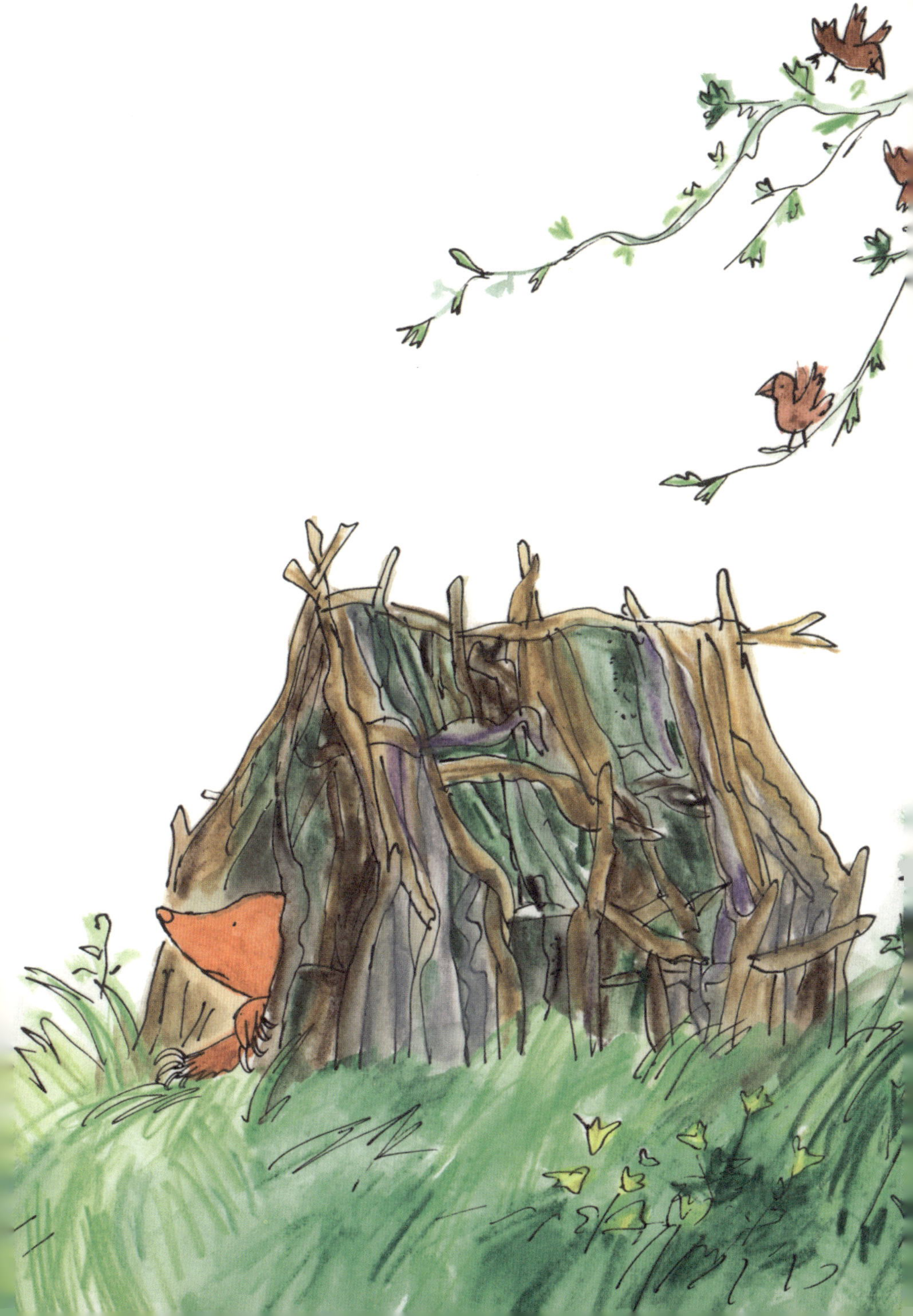

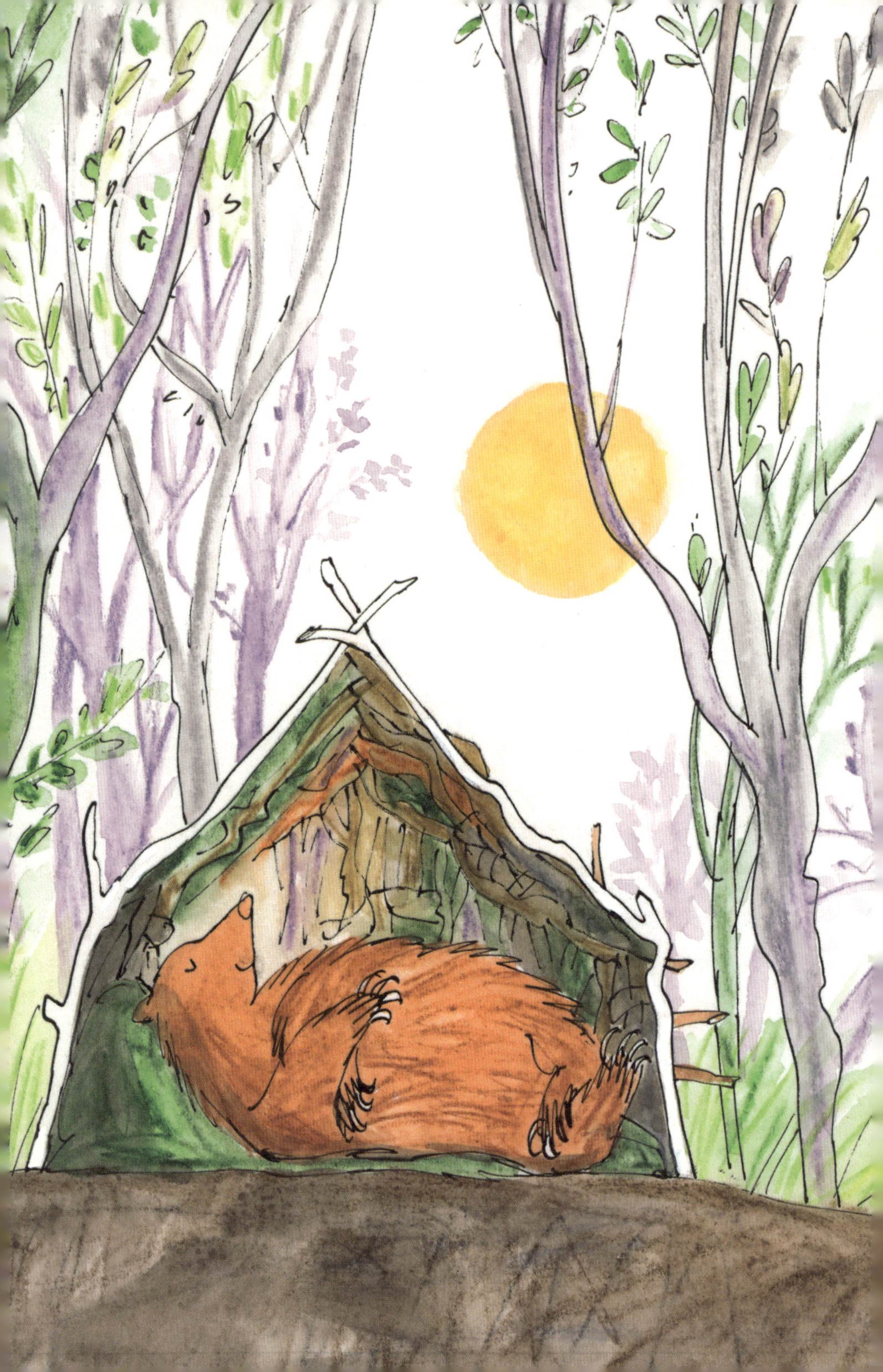

可是，松鼠、小猪、刺猬和母鸡刚出门，大熊就把他的冬天小屋拆成了碎片。然后，他抱着木头、树枝和青苔，踮着脚尖走到了森林的另一头。在那儿，在小动物们都看不到的地方，他又建起了一座小屋，然后舒舒服服地蜷缩在了柔软的青苔上。

"我得再睡上一小会儿。"大熊说着，就昏昏欲睡地合上了双眼。

我可不会怪他，你呢？

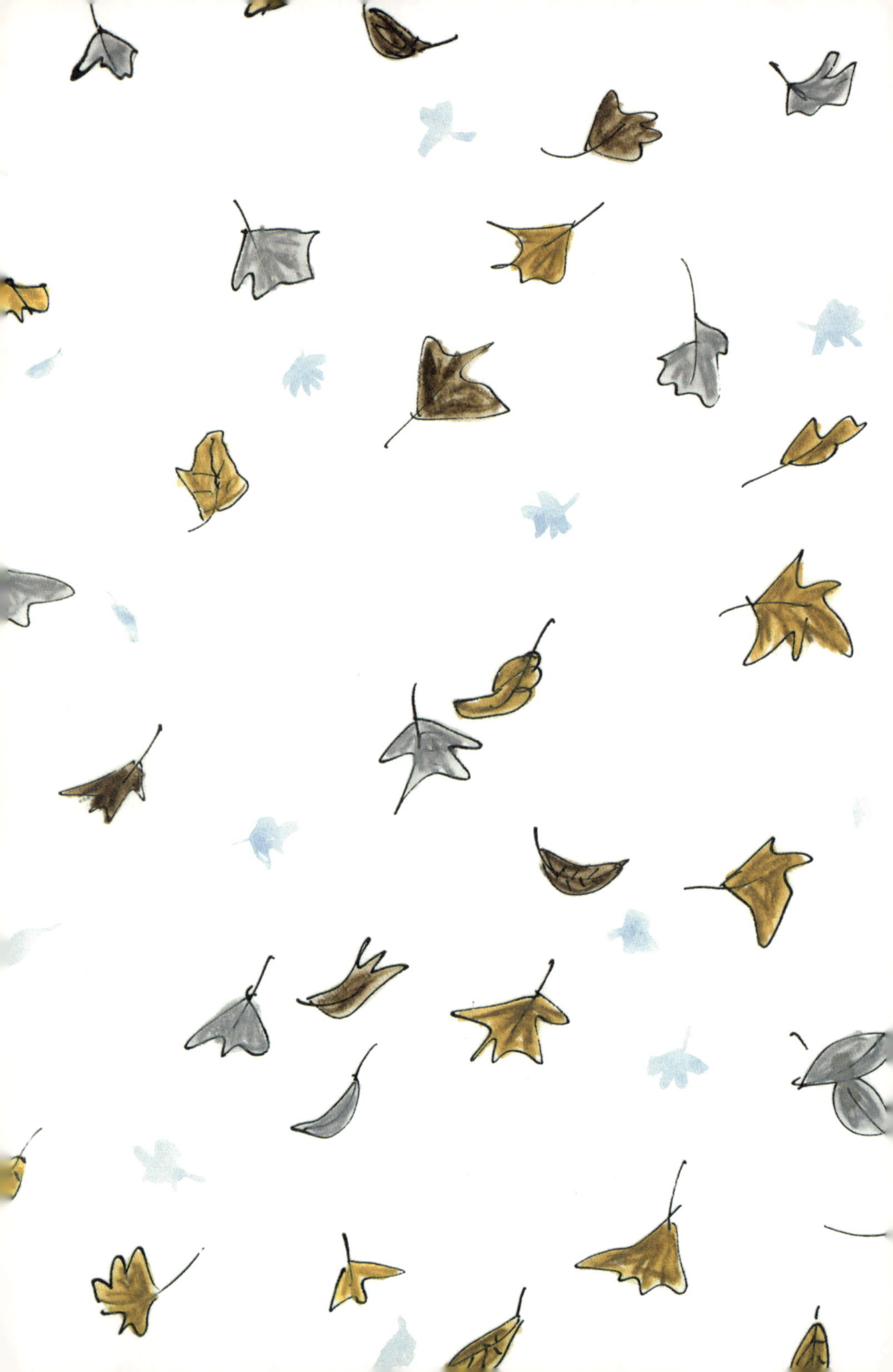

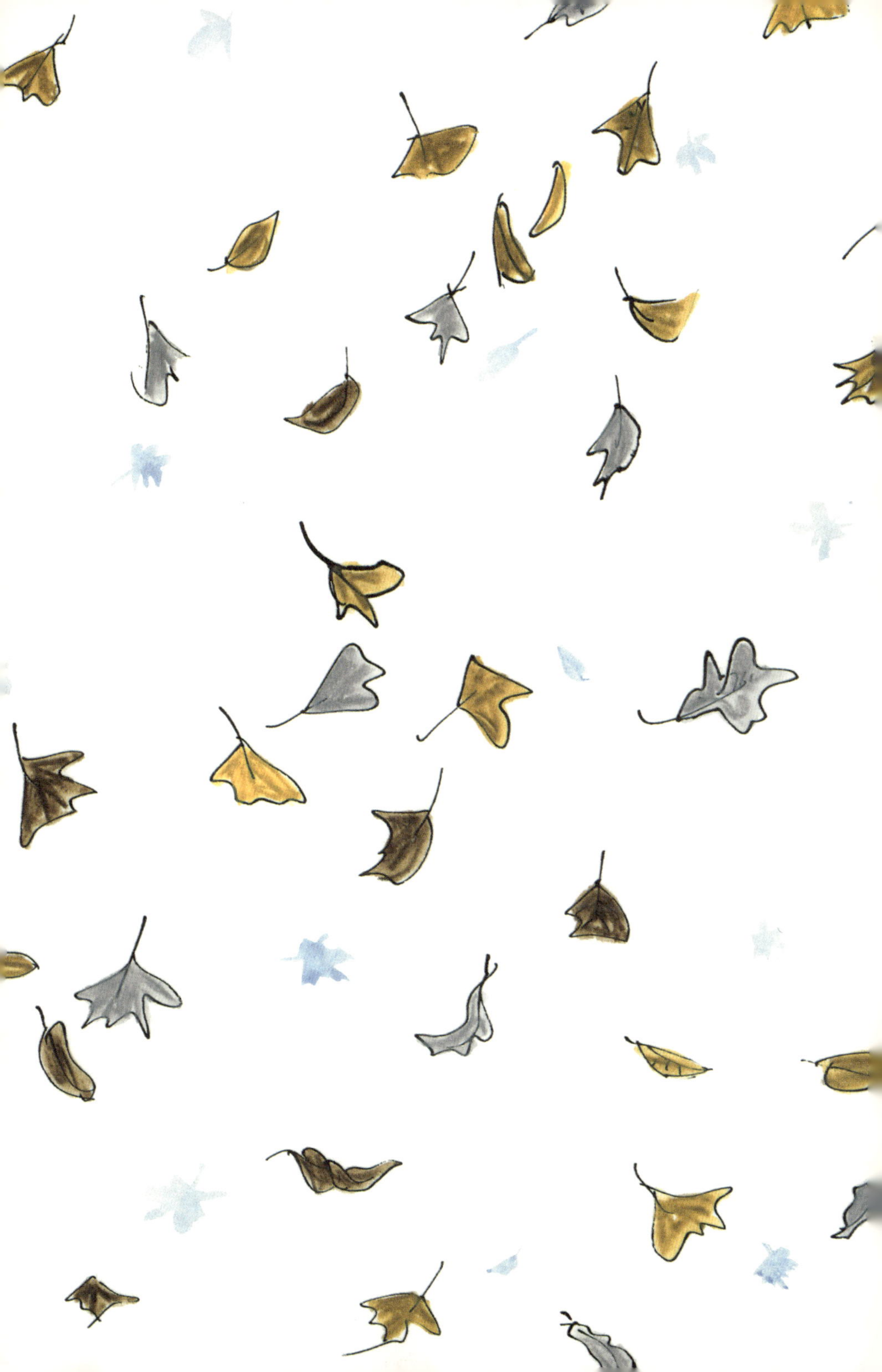

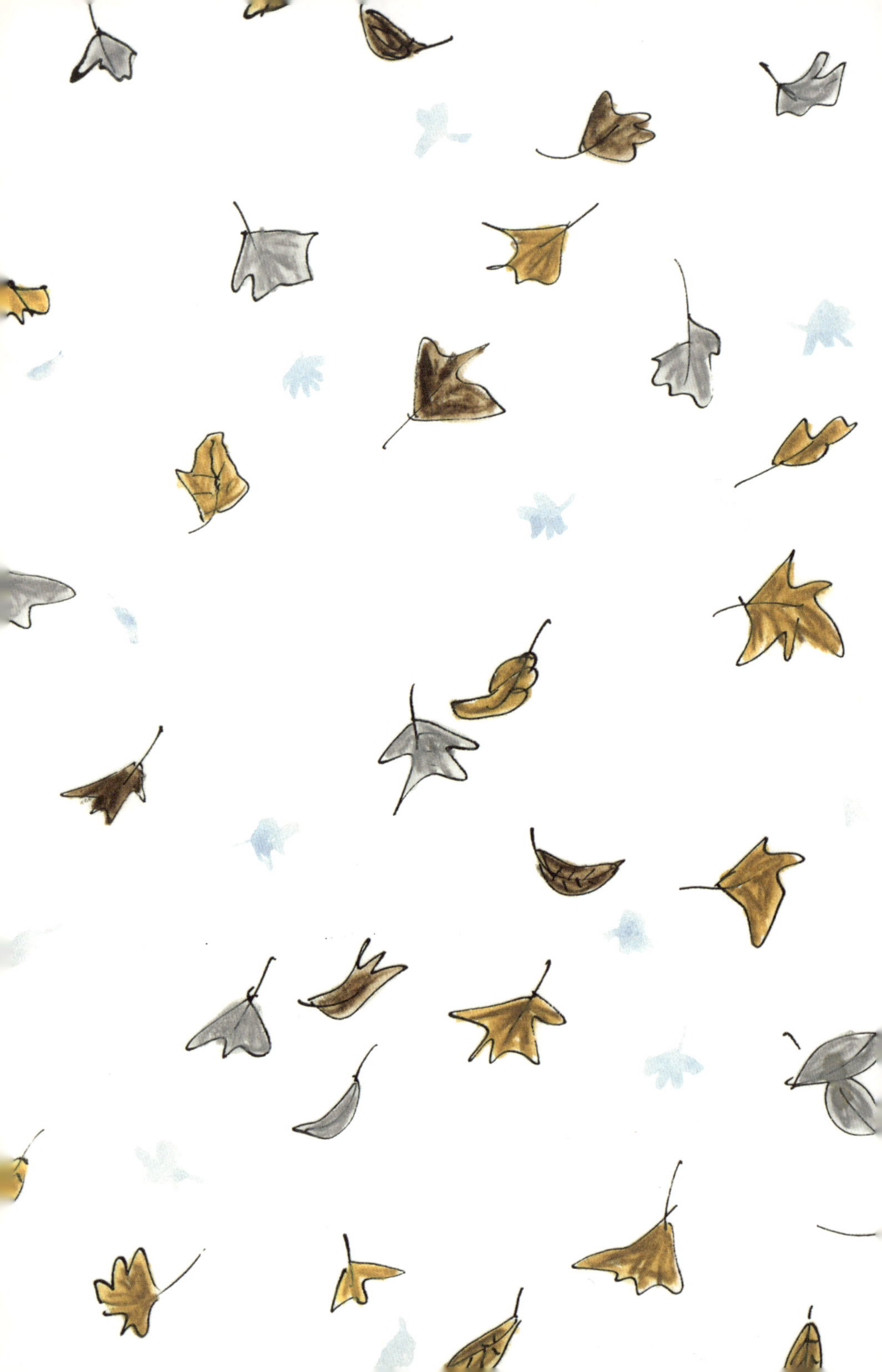